惑星
～よろこびの詩～

地球讃歌

コスモ・テン

惑　星

～よろこびの詩～

惑星

この惑星に舞い降りた　美しいものの
はかりしれなく漂う　光り輝く命
あなたの心を澄まして　わたしの心にふれて
この惑星の限りない命が変わる

映しだされているのは　悲しみに染まる地上
天空舞う鳥からの　伝えてくる歌声
あなたの心を澄まして　わたしの心にふれて
この惑星の魂の命が変わる

この惑星は美しい煌(きら)めく星の
澄んだ瞳に受け継がれた　終結を告げる鐘
わたしの心を澄まして　あなたの心にふれて
この惑星の魂の命が変わる
あなたの心を澄まして　わたしの心にふれて
この惑星の魂の命が変わる

自在

厚くおおった雲の下
鳥は翼の思うまま
体で感じた風にこたえたら
流され　飛ばされ
それが一番の近道なのか？

行く所はあるのかい？
風がやんだら
おまえ次第でどうにでもなる
そんな日はもう来ているのに

望むことが本当ならば
望まれるはずだってさ

ほら・・・

上を見て下を見た　余裕があったら　右　左
今の頭上にあるものが　何だとしても
幸せを感じる心はある？
昨日　泣いていた理由が　何だとしても
今の気持ちは幸せ？
気づいた人だけ　豊かな心
すべてが夢のように思うのは　私だけ？
「幸せな人」なんて横目で見ないで
あなたの心を映しだす世界に何を望む？
わたしは　あなたが好き
太陽が海に落ちて　溺れた話があるなら聞かせて
そんな楽しい話　どう？
下を見ないで上を見て　余裕がなくても　右　左
幸せに思う心　幸せを感じる心
ほら　花が風にゆれている・・・ゎ

涙

すっと流れた涙　誰も知らない涙　あなたの涙　こぼれて落ちた
こらえようにも心があふれ　冷たいしずく地上にはじけて
空よ雲よ　そよふく風よ　あなたの肩に　そっと　ふれていて
すっと流れた涙　誰も知らない涙　あなたの涙　こぼれて落ちた

星の光で輝く夜は　心に愛が灯せたら
あったかい涙　地上にしみるよう　あったかい涙　地上にしみるよう
ラィラララ　ラララ・・・

星の光で輝く夜は　心に愛が灯(とも)せたら
あったかい涙　地上にしみるよう　あったかい涙　地上にしみるよう
すっと流れた涙　誰も知らない涙　あなたの涙　こぼれて落ちた
ラィラララ　ラララ・・・

すっと流れた涙　誰も知らない涙　あなたの涙　こぼれて落ちた

イルカの記憶

美しい海の中で　貴方の船を見送る
空を飛ぶカモメは　私の心がわかるのね
どこまでも　船を見送り　ついて行くのね
空と海　その空間に　貴方が静かに流れて行く

まぶしい光りに漂う(ただよ)　貴方の船を見送る
忘れてしまった記憶は　深い海に眠る
波のしぶき　何度でも　呼んでみるけど
気づかない　遠い記憶　貴方が静かに流れて行く

空と海　その空間も全体のひとつにたとえたら
私は貴方　貴方は私
私と貴方も　空飛ぶカモメね
どこへでも行けるのね　心がひとつになったなら
なんて素敵　なんて素敵　心がひとつになったなら

海ばかり

みつめているのね　海ばかり　渇(かわ)いた砂浜あなたの心
寄せる波の向こう側に　知らないあなたの何があるの
みつめているのね　海ばかり

みつめているのね　海ばかり　重ねた指のすきまから
返す波にさらわれて　あなたひとり闇の海に出るの
みつめているのね　海ばかり

あなたの心に水をあげる　渇いた心にくちづけであげる

みつめているのね　海ばかり　砂に埋もれた沈黙を
両手ですくう耳もとで　あなたの声が聞きたくて
みつめているのね　海ばかり

波はわたしを遥かに超えて　あなたの辿(たど)る道　呼び覚ます風に
波はわたしを立ち向かわせる　海原吹き抜ける　呼び覚ます風に
みつめているのね　海ばかり　みつめているのね　海ばかり

あざみ

あざみ　花ひとり　空を仰ぎ遠く見渡せるように
あざみ　風を追って飛びたいのね
あざみ　もうすぐ好きなように　白い羽つけ何処(どこ)にいくの
あざみ　あざみ　あざみ　あなたが好き
ずっとまえから　あなたが好き

あざみ　あなたの後から　かわいいつぼみが　揺れているわ
あざみ　風に寄りそい飛び立つ日は
あざみ　自由と生きて一時の　輝く命つぼみにまいて
あざみ　あざみ　あざみあなたが好き
ずっとまえから　あなたが好き

あざみ　夕暮れ赤く燃える空　思い咲いているの
あざみ　ここも素敵　忘れないで
あざみ　空から見渡すこの地　愛する人の笑顔おしえて
あざみ　あざみ　あざみ　あなたが好き
ずっとまえから　　あなたが好き

花咲くとうげ

あの山こえて　やってくるの
花咲くとうげ　こえてくるの
待っているの　待っているの
この道つづく　あなたにつづく

空飛ぶ鳥　歌ってくれる
ふたりの恋　リズムにのせて
待っているの　待っているの
山に響く　あなたに響く

風に揺られて　あなたを想う
わたしの心　あなたに届く

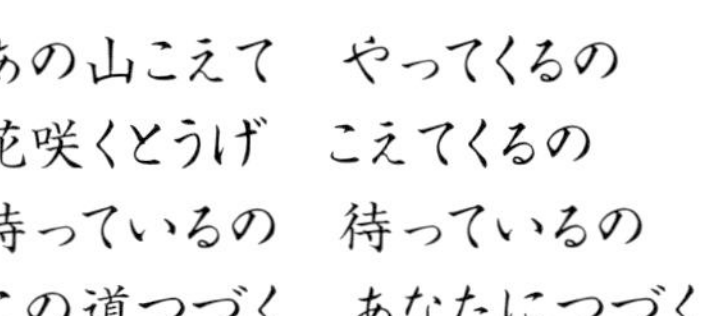

あの山こえて　やってくるの
花咲くとうげ　こえてくるの
待っているの　待っているの
この道つづく　あなたにつづく

星の海で

螺旋(らせん)に漂う星の海で　記憶の呪縛(じゅばく)に操られて
失くした愛を探しに行こう　幾千超えても蘇えるよ
星に印された君と二人　失くした愛を探しに行こう

君がひとり眺める宇宙にそそがれた　愛
魂を縛る言葉から真実の愛　わからない
愛を感じて　愛を感じて　まばたき一瞬の　いのち
愛を感じて　愛を感じて　すべてに灯(とも)された　いのち

螺旋に漂う星の海で　交わした記憶は　愛の煌(きら)めき
失くした愛を探しに行こう　星屑舞い散る銀河に響く
愛を奏でよう君と二人　失(な)くした愛を探しに行こう

愛を感じて　愛を感じて　まばたき一瞬の　いのち
愛を感じて　愛を感じて　すべてに灯された　いのち

螺旋に漂う星の海で　記憶の呪縛に操られて
失くした愛を探しに行こう　失くした愛を探しに行こう

祈り

どうしても叶えられぬ　心に沈められた
この声が届くまで　夜空の彼方に届くまで
闇夜に浮かぶ月の　変わらぬ希望の光り
照らして欲しいのは　生きる力を無くしかけた
苦しみに嘆く涙
この世に仕掛けられた　神の愛を信じるなら
かけがえない命のきずな　時を超えた奇跡

流れる雲にきざす　確かな希望の光り　導かれた命のきずな
あなたの愛で抱きしめて　あなたの愛で抱きしめて

森では彷徨(さまよ)う魂の　安らかな眠り誘う
一筋に光る願い　平和の祈り

フスベの森

古代に神様は大地を開き　森の恵みをみんなうけとった
地上を見おろすシマフクロウの瞳　月に光るイヌワシの翼
朝つゆ　ふるえる梢（こずえ）　こもれ陽ささやくホオジロの声
黄金の時代過ぎ去って　僕らの暮らしが変わっても
風になれ　雲になれ　空になれ　あなたのやさしさ

古代に神様は大地を開き　森の恵みをみんなうけとった
時の彼方に輝く森のしずく　すべてのものの息づかいが聞こえる
フスベの森の命　あなたと私の腕のなか
伝えてよ森の思いを　明日の子供たちのために
風になれ　雲になれ　空になれ　あなたのやさしさ

おいでなさい

おいでなさい子供たち　あなたを誘う風が吹き
呼ばれるまま両手を広げ　飛び跳ね走ってみせて

おいでなさい子供たち　限りない大地ころがりながら
やわらかな土　抱いてくれる　あなたの笑顔みせて

ラン　ラ・ラ　ラララ　ラララ・・・

おいでなさい子供たち・・・
おいでなさい大人たち・・・

おいでなさい　おいでなさい　おいでなさい
おいでなさい　おいでなさい　おいでなさい

あなたの笑顔を　み・せ・て

いちにち

ふんわり　かるく
しずかに　おもく
とじたまぶたに
こころをあわせ
きょうが
そっと
おわります

タトエバ

あたたかいものは　たくさんある
たとえば　人の声　会話する響き
優しさあふれる　笑い声
かよいあう　こころ
時には　怒りの声でも
かよいあいたい　こころ

美しいものは　たくさんある
たとえば　カラカラに乾いた枝に
やっと芽吹いた　いのち
風にまかせた鳥たちの　広げた翼
自在になびく　雲の行方に
すべてが　こんなに美しい
すべてが　こんなにあたたかい

恋唄

こんなに遠く離れていては　忘れてしまうでしょう？
こんなに遠く離れていては　忘れてしまうでしょう
夢の中　揺りかごゆれて泣きやまぬ子は　だ〜れ？
いつの日か　いつの日からか胸にいすわり手を振るあなた
こんなに遠く離れていては　忘れてしまうでしょう？
こんなに遠く離れていては　忘れてしまうでしょう
優しさが手招きしても走り去るのは　だ〜れ？
立ち止まり　振り返り咲いた心の花が見たくて
こんなに遠く離れていては　忘れてしまうでしょう？
こんなに遠く離れていては　忘れてしまうでしょう

河に沿い流れにまかそう　幼子（おさなご）の笑い声
河に沿い流れてみよう　幼子の笑い声

憂い

実りの穂が風になびく
この土地に命の限りを尽くし
土の香り　草の香り　太陽の香り
流された汗と育んだ命たちと
すべてを一心に風と運ばれ
あなたをつつむ
うかがう空の雲行きに
足並みをそろえ
自然と共に生きてきた
業（ごう）のなす道もつつましく
誠につつましく

あなたは
魂からでたいという

魂は
もうすこしという

スヴァーハー

この地に抱かれ眠りについてから
どれくらいたつのだろう
遥かな記憶　奏でた声　風に揺れ響きわたる
胸の痛みで目覚めた　あなたの切ない鼓動に
いつまでも　いつまでもあなたを探してた

この地に抱かれ眠りについてから
どれくらいたつのだろう
月は海に映(うつ)した孤独　光る波に揺られて
わたしを思いだしたら闇の空に寄せて
いつまでもいつまでも　あなたを愛してた

どれくらいあなたを待とう　この地に蘇(よみがえ)るまで
どれくらいあなたを待とう　この地に蘇るまで

胸の痛みで目覚めたあなたの切ない鼓動に
いつまでもいつまでも　あなたを愛してた
あふれ踊りまわるマントラこの地に蘇る

プレアデス

それは
あなたとの約束

ななつの星が生まれて
何億光（なんおくこう）にも重なり
たとえようもなく
美しく放たれた
遥かな光

歓びを讃えた　創造の営み
愛にそえた　内面へのみちびき

星々にこだまし　魂をつなぐ
生命に与える調べ

もし
また　あなたに会えたとしても
あなたは覚えていないでしょう?
わたしを愛してくださった方々に
お礼を申しあげる

もとはといえば　ななつの光
拡がりつづける　ひとつの光

存在に目覚めた　調和への旋律

地球（ふるさと）の歌

心を閉じてしまった森の仲間たち
心を沈めてしまった海の仲間たち
あなたの声は小さいけれども優しい
静かに流れ続いてる愛のメッセージ
今　何かを伝える勇気を消した私たち
心に伝わる優しさ忘れた私たち
どれくらいの時を越えてすべての命に祈りをこめ
繰り返す　繰り返す
この詩は懐かしい地球（ふるさと）の歌　時間を巡る地球の歌

どこまでも青く高く鳥が翔（と）べる空
雲は流れ山を下り天の恵み海に
広がる波　夜明けの目覚めにささやく
あなたに流れ続いてる愛のメッセージ
今　何かを伝える勇気を消した私たち
心に伝わる優しさ忘れた私たち
どれくらいの時を越えてすべての命に祈りをこめ
繰り返す　繰り返す
この詩（うた）は　懐かしい地球の歌　時間を巡る地球の歌

爛漫(らんまん)(よろこびの歌)

朝日が昇る　夜が明ける
光りが溢れる　木の葉に揺れる
静かに寄りそう　命を浴びて
果てしない彼方の　夢から覚めた
天使がささやく　泉のほとり
讃(たた)える喜び　水面に揺れる
息づく命が　溢れつづける
共に生きよう　手をつなごう

花びらそよぐ　風に舞う
ここに命を　解き放つ
瞬く星空　ゆだねてみよう
やすらぐ瞳　あなたの心に
ラララ・・・
息づく命が　溢れつづける
共に生きよう　手をつなごう

あとがき

南米音楽、フォルクローレに魅せられて約10年。歌いはじめて5年になりますが、その頃から歌も作るようになりました。現実に生きる私達にとって、国境や法律、規則という越えられない境界線と個人の判断で囲ってしまう心の境界線があると思います。心の奥からの本当の願いは物質的なものを除けばそれ程変わらないのではないでしょうか。いつかきっと個人が尊重され、境界線を引かれることなく心が宇宙に開かれて生きられる、という願いを『惑星～よろこびの詩～』に込めました。サブタイトルの「よろこびの詩」ですが、喜び、寂しさ、切なさ、うれしさ悲しさなどの感情すべてを「生きるよろこび」とし、このタイトルにしました。

そして制作にあたり、多くの方々の支えと協力を得ることができましたことを紙面を借りてお礼申しあげたいと思います。株式会社コスモ・テン社長高橋守さんには貴重なアドバイス・アイディアをいただき、また進行協力してくださった営業担当の藤本実千代さん、制作担当の佐々木淳子さん、心からお礼申し上げます。CD制作にあたり、思うように歌えなく気落ちしていた私を励ましてくださったペイルグリーンSt社長の遠藤為治さん、ありがとうございました。カバー、CDデザインをしてくださったアレックスプランズの社長杉山光さんは南米音楽の響きが大変お好きというもあり、私の意図するところをよく理解し、素晴らしいデザインを表現してくださって、うれしさでいっぱいです。演奏してくださいました皆様、お忙しい中、スケジュールを調整してくださり大変感謝しております。何かと心の支えになってくださった、上迫田智明・由紀子ご夫妻ありがとうございました。これまでずっと見守り応援していてくれた家族に対して心よりお礼申し上げます。

この作品を手にとるみなさまと心がつながり、生きる素晴らしさを共鳴していただけたら、制作に携わった人たちの、このうえないよろこびとするところです。

2002年9月20日　sono

惑星（p2）
ギター／木下尊惇（Takaatsu Kinoshita）
編曲／木下尊惇
詞・曲・歌／sono

涙（p8）
ケーナ／打木進太郎（Shintaro Utsugi）
サンポーニャ／打木進太郎
チャランゴ／寺澤むつみ（Mutsumi Terasawa）
ギター／寺澤むつみ
ボンボ／寺澤むつみ
編曲／寺澤むつみ・TOYO草薙
詞・曲・歌／sono

イルカの記憶（p10）
サンポーニャ／打木進太郎
ギター／寺澤むつみ
編曲／打木進太郎・寺澤むつみ
詞・曲・歌／sono

願い（p16）
アルパ／日下部由美（Yumi Kusakabe）
ギター／寺澤むつみ
編曲／寺澤むつみ
詞・曲・歌／sono

花咲くとうげ（p18）
ケーナ／森島佳子（Keiko Morishima）
チャランゴ／藤崎由美（Yumi Fujisaki）
ギター／藤崎由美
すず／薗部賀蓉子（Kayoko Sonobe）
編曲／TOYO草薙（Toyo Kusanagi）
詞・曲・歌／sono

フスベの森（p24）
ケーナ／打木進太郎
ケナーチョ／打木進太郎
サンポーニャ／打木進太郎
チャランゴ／寺澤むつみ
ギター／寺澤むつみ
編曲／TOYO草薙・寺澤むつみ
詞／飯島恭広（Yasuhiro Iijima）
曲・歌／sono

地球（ふるさと）の歌（p41）
アルパ／日下部由美
ケーナ／打木進太郎
ギター／寺澤むつみ
編曲／寺澤むつみ・打木進太郎
詞・曲・歌／sono

爛漫（よろこびの歌）（p42）
チャランゴ／木下尊惇
ギター／木下尊惇
編曲／木下尊惇
詞・曲・歌／sono

---

producer　sono　Toshie Sonobe
recordig&mixing engineer　平中　哲　Akira Hiranaka（Pale Green Studio）
mastering engineer　石橋　守　Mamoru Ishibashi（Sunrise Studio）
Cover art and CD Design　杉山　光　Hikaru Sugiyama（ALEX PLANS）

Recorded at Pale Green Studio
Mixed at Pale Green Studio,Tokyo 2002 Aug.-Sep.

惑星
~よろこびの詩~

発行日
2002年11月8日初版

著　者
薗部賀蓉子

編　集
坂井　泉

装　幀
杉山　光

発行者
高橋　守

発行元
株式会社　コスモ・テン
〒105-0011
東京都港区芝公園 2-11-17
☎ 03 (5425) 6300
FAX 03 (5425) 6303
http://homepage2.nifty.com/cosmo-ten/
E-mail:cosmo-ten@nifty.com
発売元
太陽出版
〒113-0033
東京都文京区本郷 4-1-14
☎ 03 (3814) 0471
FAX 03 (3814) 2366
印刷・製本
図書印刷株式会社

ISBN4-87666-086-7

コスモ・テンはこんな会社です

精神世界系の出版物を刊行し続けて15年。台東区東上野の仮事務所からスタート。品川区五反田戸越、大田区雪ヶ谷大塚、山王、渋谷区代々木、港区芝公園と、まるで銀河の流れに乗ったように、様々な光を放ちながら宇宙を旅しています。

コスモ・ず・ハウス

読者の皆様の「憩いの山小屋」。南アルプス山麓の長野県上伊那郡長谷村大字市野瀬に位置し、敷地300坪、建物100坪、宿泊室3、ラウンジホールを備えています。不定期オープンですが、10名までの宿泊が可能です。精神世界関連の本を集めた「銀河の森図書館」には1万冊の蔵書があります。朝は小鳥のさえずりで目をさまし、爽やかな風をあびながら庭で食事をとります。日中は近郊を散歩するもよし、のんびりと過ごすもよし、読書するもよし。夜はたき火を囲み、満天の星空のもと高橋社長と心ゆくまで語り合い、山小屋でのひとときをゆっくりとお過ごしください。話題の分杭峠までは車で30分。

●お問い合わせは＝〈東京連絡所〉電話　東京03(5733)4733　〈コスモ・ず・ハウス〉電話　長野0265(98)1040

●アクセス＝新宿駅新南口から直行便の高速バスがあります。終点「伊那里」で下車し、徒歩2分。
乗車券はＪＲみどりの窓口、セブン-イレブンで購入できます。

気の里、長谷村

世界でも有数の気が吹き出る所「分杭峠」には毎日多数の人々が訪れています。

その方々がセミナーやワークショップ、また、個人での旅行を心身共に快適に過ごせる施設が、生涯学習センターです。長谷村は村全体がパワースポット。生涯学習センターを宿泊利用される方々から、数々の素晴らしい証言が寄せられています。私たちは生涯学習センターの設計構想から参加し、数々の工夫やアイデアを提供して、広告宣伝を担当してきました。現在、その宿泊申し込みを受け付けています。南アルプス生涯学習センター東京連絡所　電話　03(5425)6319

銀河の森・HASE

コスモ・ず・ハウスを中心に無農薬農業に挑戦しようとしています。近い将来、読者の皆様の食卓を美味しい野菜たちが飾るかも知れませんね。理想の村づくりをご一緒にいかがですか。参加していただける方は今からご登録ください!!　銀河の森は生涯学習センターから徒歩2分のところにあります。

出版希望の方々の夢をかなえます

ちょっと自信がないなとお考えの方も、とにかく原稿をお送りください。きちんと読んで専門的な立場からアドバイス。拝見した上で、自費出版から企画出版により全国の書店に積極営業。出版が決定しますと完成度の高い本になって後々まであなたの記録として残ることでしょう。文化の歴史は出版の歴史でもあります。

電話　03(5425)6300　コスモ・テン